いつかどこかで

~交錯する時間~

ひで あき子

文芸社

目次

気付かれたら負け

真ん中の一番後ろの席から、今日は右隣の前から2番目の男子の背中をじっと見る。気付かれたらおしまい、そんなルールのゲームをこっそりやっている。昨日は左隣の前から3番目の女子、一昨日はその前に座る男子の背中を見ていた。まだ誰も私の視線に気付く人はいない……。

今日の男子、ん……？　振り向いた！　目が合った。私は慌てて目をそらした。おしまいだ。負けだ。気付かれたら負け！

毎朝、満員電車に揺られながら、今日も人の背中をじっと見る。子どもの頃からの癖、と言うか、密かに楽しんでいるゲーム。電車は揺れるし、駅に着くたび人が大移動するから、なかなか長い時間、同じ人を見ていることができないので、見る人がころころ変わる。今見てる人も、次の駅で降りるのか……いや……降りない、降りないどころか、大移動のせいで向きが変わった、こっち向いた！　別の人に変更……

あれっ？　気付かれた、何、この人！

今日1日、変な気分だ、今日は負けだ！　完全に負け、完敗！

やな気分のまま1日の仕事を終え、同僚と飲みに行く。悪酔いしそうだ。

カウンターに座っている中年男性の背中をじっと見た。同僚に、どこ見てんの？

と問われ、やめた。


中学校の入学式。同じ小学校からほとんどが同じ中学校に進学する。そして隣町の小学校からも、ほとんどがこの中学校に進学する。単純に考えて同級生が倍になる。

よく晴れた日、桜が綺麗だ。私は空をじっと見た。空は私に見られていることに気付いただろうか。そしたら私の負けだ！

帰り道、前を歩く友達の背中をじっと見る。ねぇ、と言いながら友達が振り向いた。

これは視線を感じたわけではないので、セーフ。

結局、終電。明日も仕事なのに。あ〜あ、二日酔いを覚悟しなければ。んー、誰を見よう？　こんな時でもゲームはしたくなる。だけど眠い。

扉におでこをつけて立っている、20代後半くらいの男性。寝ているのか？　じっと見てみる。私も眠い、瞼が閉じそうになった瞬間、その男性がおでこを扉につけたま
ま、こっちを向いた。目が合ったような気がするが、気が付いた時にはもう降りる駅で、男性もいなくなっていて、私は慌ててホームに降りた。

そういえばあの人と一瞬だけ目が合った、ということはまた負けだ。朝も帰りも気付かれた。

毎日、誰も私の視線に気付かないのに、昨日は2人に気付かれてしまった。あ〜、それにしても頭が痛い、気持ち悪い。今日はゲームはやめておこう。

高校に入って私はテニス部に入部した。小中と全く運動をしてこなかった私が、なぜテニス部なのか。

『エースをねらえ！』という漫画が家にあった。母親が好きだったらしく、全巻揃っ

ている。小学校の頃はそれ程興味がなく、ただの昔の漫画と思っていたが、中学で帰宅部だった私は家に帰って暇をもてあまし、全巻揃った『エースをねらえ！』を読み始めた。面白い！　私もお蝶夫人のようになりたい！　迷わず入部……甘かった。

球拾いをしながら、お蝶夫人とまではいかないが練習している憧れの先輩の背中を追いかける。かっこいい。全く私の視線には気付かない。今日もいい日だ。


来月、友達が結婚式を挙げる。大学の落研で知り合った友達だ。共通の友達と式に着ていく服を買いに来た。３人寄ると落語よりトリオ漫才だねと、辛口の先輩からよく言われた。

結婚に憧れる私たちを前に、結婚なんて絶対したくない、めんどくさいと力んで宣言していたくせに誰よりも先に結婚を決めた……。ショックだった。

買い物が終わり、お茶でもと思い今話題のお洒落なカフェに寄ってみた。混んでる。3時15分、みんなのティータイムだ。並ぶかぁ……、これから並んでケーキを食べるのだ、今日の夕飯はあまりいらないかも。

美味しいケーキを食べ、駅までの帰り道、大きな交差点で信号待ち。たくさんの人だ。みんな駅へと急いでいる感じ。信号待ちをしている小柄な、白髪交じりのおばあさんの背中をじっと見た。長い信号待ち。

青に変わり、おばあさんは人混みに消えてしまった。

無理だと言われたそこそこいい大学に進学し、そこそこいいキャンパスライフを送っていたが、就活が始まり、周りが内定をどんどん決めていく中、私は決まらない……全く。焦る。永久就職にするか。まさか、相手もいないのに。って言うか、永久就職なんて死語だ！

今日でもういくつ目だろうか。リクルートスーツに身を包み、面接に向かう。

面接官のネクタイが気になる。曲がってる。私はこんな人に審査されるのか。

あの～、ネクタイ曲がってます。

言ってしまった……終わった。

最悪な気分で家路につく。涙が出てきた。どうしていつもこうなのか、運命を呪う。

台所で夕飯の支度をしている母親の背中をじっと見た。鼻唄交じりで楽しそう。何かいいことあった？

次頑張ればいい。そう言って、また鼻唄を歌い出す。何度か母親の背中でこのゲームをやっているが、一度も振り向かれたことはない。鈍感か。気付かれたら負けのゲームなので、これでいい！　今日唯一のいいこと。

なんで残業？　世間では、今日はプレミアムフライデーのはず。定時より早く帰せとは言わない。せめて残業はやめようよ～。

「お先に失礼しま～す」

誰だ、帰るやつ！　足早に私の横を通り過ぎる。そいつの背中をじっと睨み付ける。こっち向け！　視線を感じても振り向くはずない。

ちょっと、今日も合コン？　いつもより化粧が濃い、そしてブランド勝負服。うーっ、こんな女、一生結婚できない！

なんで受かったのだろうか、面接官にネクタイのこと指摘したのに。今日は初めてのお給料日、これまで育ててくれた両親に、みんなは何を買ってあげるのか？　父親にはネクタイ、母親にはネックレス、どうかな？　安物だけどね。この店員さん新人かな。どこかで会ったことある？　丁寧に商品の説明をしてくれる。その目をじっと見る。誰だっけ？　先輩店員さんが時々補足する。カウンターの中で、向こうを向いて包装している。その背中をじっと見る。包装に集中している、振り向くことはない。

小学校の同窓会なんて初めてだ。当時からずっと付き合いのある友達は、実はそんなにいない。だから同窓会なんて乗り気じゃなかった。でもどうしても一緒に行ってほしいという学級委員長だった友達の頼みで参加した。誰かに会いたいのか？　あの背中、見覚えがある。初任給で父親に買ったネクタイ売り場の新人店員さん。同級生だったから、どこかで見たことがあると思ったのだ。あれは誰だ？　じっと見ていると、振り向いた。私の負けだ！

あれは右隣の、前から2番目の男子。

思い出した、あの時も振り向いた。ということは、この人に負けたのは2回目ということになる。なんでだ？　すごいやつ。私の顔を見て、にこりと笑った。

気付いたら勝ち

誰かに見られてる、そう感じて振り向くとやっぱり……真ん中の一番後ろの席の女子が僕を見ていた。慌てて目をそらされたけど、何、見てんだよぉ！

僕は時々人の視線を強く感じることがある。一種の才能というやつか。

今日も満員電車に揺られて出勤する。朝から疲れる。久々に誰かに見られている感じ。でもめんどくさい。振り向かない。

今日は月に1度の職場の飲み会、これもまためんどくさいが、出世のためだ！

無礼講が口癖の上司。だからって、なんでも言っていいわけない。この上司は、飲み会の次の日は、だいたい有休を取っている。明日もそうだ。でも誰も文句は言えない。早く帰りたいと思いながら、顔は笑顔を絶やさない。頑張れ自分！

誰か僕を見てる？　背中に感じる視線。修学旅行で入ったお土産屋さんで、そんな感じがした。振り向いてみたけど僕の思い違いか、土産物を物色している同級生しかいない。早くもこの才能、鈍ってきたか！

帰りのバスでは、みんな疲れて眠ってしまった。つまらない。

車窓からの景色が綺麗だ。あの山は、なんていう山だろう？　バスガイドさんに聞いてみようか。知らなかったら悪いからやめた。

日曜日も仕事だ。サービス業なので仕方がない。日曜日の電車は空いている。今日は座れた。

ふと気が付くと、向かいに座った30代くらいの女性が僕を見ていた。何か……？　目をそらされた。

次の駅で女性は降りていった。目で追ってみる。女性は階段を下りて、見えなくなった。

今日も忙しくなりそうだ！

もうすぐ体育祭、高校の体育祭は面白い！　特に棒倒し。僕は迷わず相手チームの棒を倒す方に立候補。みんなも去年の僕の活躍を見ているので、僕がやることに大賛成。早く体育祭よ、来い。

あいにくの雨だ。体育祭は明日に延期。明日も雨だと中止になる。どうか晴れますように。

今日も雨。残念ながら今年の体育祭は中止だ。窓の外に目をやった。窓際の女子、僕と同じように外を見ている。そういえば、あの女子も走るのが速くて体育祭を楽しみにしていたんだ。

誰かな、僕を見ているのは？　振り向いてみる。廊下側の一番後ろの女子、僕に同情してるのか？

午後になると身体がだるくなってきた。今朝はなんともなかったのに、どうやら熱がありそうだ。そのことを上司に伝え、今日は少し早めに上がらせてもらった。

駅に向かう大きな交差点で信号待ち。あっ、視線を感じる。具合が悪くてもそれだけはわかる。振り向くと、小柄な白髪交じりのおばあさんが僕をじっと見ていた。長い信号待ち。

青に変わり、いっせいに周りが動き出し、おばあさんも僕を抜かして人混みに消えてしまった。おばあさんなのに、歩くの速いなぁ。

とりあえず、早く帰って眠りたい。

学食はありがたい。安くて美味しい。おまけに学食のおばちゃんが陽気で優しい。大学構内で一番好きな場所と言っても過言ではない！

今日は何食べよう。あっ、時々しかないアジフライ定食、これに決まりだ。

今日はいい天気だ！　あの芝生に寝転がったら気持ちいいだろう、アジフライ定食を食べたら行ってみよう。

アジフライ定食を食べていると、誰かの視線が近付いてくる。振り返ると、少し手が空いたのか、学食のおばちゃんがにこにこしながらやってきた。

おばちゃんは今月いっぱいで学食を辞めるそうだ。娘さんが、一人暮らしをしているおばちゃんを心配して一緒に暮らすことにしたそうだ。来月、娘さんの家に引っ越す。私は1人の方が楽なんだけどねぇ。そう言いながらも、可愛い孫たちと暮らせることを楽しみにしているだろう。

おばちゃん、今までありがとう。お元気で。

小学校の同窓会をやるために、当時の同級生に声をかけた。

乗り気な友達もいれば、なんで今更と断ってくる友達もいる。学級委員長だった女子にも声をかけてみた。いいね、と、とても乗り気でいろいろな手配を引き受けてくれた。

この学級委員長だった女子に、どうしても会いたい女子がいると名前を告げておいた。別に好きなわけではない。ただ確認したいことがあっただけだが、勘違いされたようだ。まっ、いっか！

会いたい女子は来るのか？　そんなことを考えながら駅からの帰り道、いつものコンビニに寄った。缶コーヒーとポテトチップス。

レジに並んでいると、後ろから視線を感じる。誰だと思って振り向くと、小学校時代の同級生だった。「やっぱりそうだと思った」「久しぶりだね」「同窓会行くの？」

そんな会話をして別れた。


大手デパートのネクタイ売り場に配属され、早1ヶ月。僕もその売り場にあるネクタイを結ぶ。なかなかいいネクタイだ！　今日も似合ってる。

夜になると、父親にプレゼントをしたいと1人の女性が来店した。僕と同い年くらいか？　きっと親も同じくらいの歳だろう。何本かネクタイを並べて説明した。時々上司が口を挟んだ。女性は一番安い無難な柄のネクタイを選んだ。カウンターの奥で、僕は包装を始めた。

なんか視線が気になる。あの女性客だ。そういえば、どこかで会ったような気がする。この視線、初めてじゃない。

商品を渡しながら、その女性を観察する。誰だっけ？

同窓会は立食パーティーだった。思ったより大勢だ。今更と言っていた友達も来ていた。よかった！

当時、若くハツラツとしていた先生も、今ではすっかり中年太り、頭も少し薄くなりかけている。5歳と2歳のやんちゃな男の子がいるそうだ。

旦那さんが仕事で子どもを見てもらえないからと、子連れで参加している女子もいた。

あっ、この視線……振り向いてみた。やっぱりそうだ、あの時の女性客！

僕は3度、この視線に気付いたことになる。すごくないか。僕は、にこりと笑った。

金子さんの奥さん

私は、隣の金子さんの奥さんは怪しいと思う。ゲンは金子さんの奥さんがうちの前を通るたび、ものすごい勢いで駆けていき、吠える。

金子さんの奥さんは、ベランダで洗濯物を干している時、うちのリビングを覗き見る。この間も、掃除機をかけながらふと窓から見上げると、金子さんの奥さんと目が合った。気まずく思い目をそらしたが、なんでいつも見ているのか不思議でならない。

隣町のスーパーコミットで買い物していると、こんにちは、と声をかけられた。金子さんの奥さんだ。家の近くにスーパーライムがあるのに、なんでここにいるのか。確かに今日はこのスーパーの安売りの日、だからって同じ時間になんでいるの？　買い物カゴの中を何気なく覗いてみる。うちとほぼ同じ物が入ってる。

今日はお魚がお安いわ～と、たまたま同じ物を買うかのように、にやっとされた。

隣町までならまだわかる。ただ電車に乗って、1つ隣の駅のスーパーヨッカドーにも現れたことがある。さすがにこの時はサングラスをかけ、バレないように行動していたようだが、私にはわかった。何を買ったかまではわからなかったが、うちと同じ物を買ったに違いない。

金子さんちの長男智君はうちの麗奈と同級生、それは問題ない。問題なのは、智君の2つ下の妹、かおるちゃん。麗奈と同じピンク色の運動靴、最初は偶然だと思った。近くの靴屋さんで買ったものだったから。

朝、ゴミ出しに出ると、ちょうど幼稚園バスに乗ろうとしているかおるちゃんを見かけた。

かおるちゃんの髪についているピン留め、麗奈のと同じ黄色いひまわり。偶然か？

金子さんの奥さんは、私に気付くと愛想笑いをし、そそくさと家に入っていった。

夜、主人が帰ってきた。玄関を入るなり、いやぁ、びっくりしたよぉ、と言い出す。

聞くと駅で金子さんのご主人と一緒になったそうだが、同じネクタイをしていたらしい。
主人は偶然だと思っているようだが、そんなはずない。そのうち私と同じエプロンでもするつもりか。

ゲンがまた吠えている。金子さんの奥さんがうちの前を通ったのだろう。ゲン、吠えるだけじゃなく噛みついてしまえ！

とうとう見てしまった、ベランダで洗濯物を干している金子さんの奥さん。私と同じエプロンをして、麗奈と同じ水色のTシャツを干している。どういうことだ？
これから先、どうすればいいのだろう。中学、高校と、子どもたちの成長と共にエスカレートしていくのか。いっそ引っ越してしまおうか。いや、ついてくるかもしれない。どうしよう、気が変になりそうだ。

田舎の母に、子ども服や靴を送ってくれるよう頼んでみた。田舎の方の個人のお店なら、こっちで売っていない物がありそうだから。ついでにネクタイも。

思った通り、最近かおるちゃんは麗奈と同じ服や靴を身につけていない。

とりあえず、よかった。だが油断は禁物、金子さんの奥さんはどんな手を使ってくるかわからない。

このまま、うちに飽きてくれ。ゲンも年取って、勢いよく走って吠えるなんてそろそろできなくなるから。

三田村さんの奥さん

私にとって隣の三田村家は理想だ。綺麗な奥さんと外資系に勤めるご主人、そして可愛い一人娘の麗奈ちゃん、うちの智と同級生。

広いお庭で飼っている犬のゲンは、私が通るたび勢いよく駆けてきて吠える。ゲンだけは理想からはずれる。

時々ベランダで洗濯物を干しながら、三田村家のリビングを覗く。今日は奥さんが掃除機をかけている。素敵なテーブルとソファ、いつ見てもうらやましい。

あっ、三田村さんの奥さんと目が合った。なんで上向くの?


三田村さんの奥さんが買い物に出かけるようだ。自転車で尾行開始。隣町のスーパーコミットに到着。今朝、セールの折り込みチラシが入っていた。

店内でばったり顔を合わせてしまった。こんにちはと声をかけた。三田村さんの奥さんの視線が私の買い物カゴに向けられている。ほぼ同じ物しか入っていない。

今日はお魚がお安いわ～と、なんとかその場をしのいだ。

電車に乗って1つ隣の駅のスーパーヨッカドーまで尾行してしまったこともある。さすがにここでバレるのは嫌なのでサングラスをかけた。これで完璧だ。

麗奈ちゃんはいつも可愛い格好をしている。うちのかおるも麗奈ちゃんと同じ服を着せたいし同じ靴を履かせたいじゃない。でもバレるのは嫌なので、なるべく会わないように行動しなくちゃ。

私だって三田村さんの奥さんと同じエプロン買ったし、でも家の中だけでしている。かおるを幼稚園バスに送っていくと、たまたま三田村さんの奥さんがゴミ出しに出てきた。まずい、麗奈ちゃんと同じ黄色いひまわりのピン留め、見られてしまったようだ。私は愛想笑いをして、さっさと家に入った。

夜、主人が帰ってきた。玄関に入るなり、いやぁびっくりしたよぉ、と言い出す。

聞くと駅で三田村さんのご主人と一緒になったそうだが、同じネクタイをしていたらしい。

主人は偶然だと思っているようだが、そんなわけないでしょ。私も同じエプロン持ってるもんねぇ。

相変わらずゲンは私を見ると吠える。このおばか犬。

三田村さんの奥さんと同じエプロンをしてベランダに出るのは危険、ドキドキしながら洗濯物を干す。麗奈ちゃんと同じ水色のTシャツは、なるべく見えないように干さなくちゃ。

もし三田村家が私の行動に気付いて、引っ越しなんて考えたらどうしよう。どこに引っ越すか調べて、ついていこう。

最近三田村家によく宅配便が来る。通販で子ども服を買っているのか、麗奈ちゃんはこの辺には売っていないような服を着ている。このままでは理想からはなれてしまう。いったいどの通販で買っているの？　誰か教えて！

あのおばか犬、早く年取って、走ってきて吠えるなんてできなくなれ！

隣のかおるちゃん

隣の智君は同級生、智君には幼稚園に通う妹がいる。かおるちゃんといって、とっても可愛い子。麗奈が幼稚園だった頃は、よく智君とかおるちゃんと3人で遊んだ。でも今は全く遊ばない。智君はクラスの男の子たちとばかり遊んでるし、かおるちゃんは幼稚園から帰ってくると、あまり外には出ないみたい。麗奈もクラスの女の子たちと遊んだり、習い事で忙しい。

学校から帰ってくると、ちょうど幼稚園バスが停まっていた。バスからかおるちゃんが降りてくるのが見えた。麗奈と同じ黄色のひまわりのピン留めをしている。わぁ嬉しい、かおるちゃんとお揃い。

麗奈がかおるちゃんに手を振ったら、かおるちゃんもちらっと麗奈の方を向いたけど、かおるちゃんのママがかおるちゃんの手を引いてさっさと家に入っていっちゃった。麗奈、何か悪いことしたかなぁ。

かおるちゃんは麗奈と同じピンク色の運動靴も持っている。水色のTシャツもベランダに干してあった。お揃いの物いっぱい、姉妹みたいで嬉しいな。

最近よくおばあちゃんが麗奈の洋服や靴を送ってきてくれる。嬉しいけどこの辺には売ってないようなものなので、かおるちゃんとお揃いになれない。

今度、おばあちゃんにお手紙書こう、かおるちゃんのも送って、って。

隣のかおるちゃん　2

隣のかおるちゃんとは小さい頃よく遊んだが、小学生になった頃からあまり遊ばなくなった。

小さい頃はよくお揃いの服など着ていて嬉しかったが、今思うと何であんなにも同じものばかりだったのか不思議だ。

まさか、同じ高校に入学してくるとは思ってなかった。新入生歓迎会でかおるちゃんを見た時は、ぞっとした。他にも高校はいっぱいあるのに、なんで私と同じ高校？

次の日かおるちゃんは、私が家の門を出た途端、麗奈ちゃん一緒に行こうと走ってきた。仕方なく一緒に歩いたが、毎日になってしまったらどうしよう。

私がバドミントンのラケットを持っているのを見てか、私バドミントン部に入ろうかと思ってと言い出す。やめてくれ！　笑うしかなかった。

学校内で私を見かけると、麗奈ちゃ～んと言って手を振っている。麗奈ちゃんではなく学校内では三田村先輩と呼べ。

庭で飼っていたゲンは、私が小学校の頃死んでしまった。そのあとに飼い始めたマリーも、とても賢い犬でやな人には吠える。隣のおばさんとかおるちゃんが通ると必ず吠える。

最近はマリーが吠えてから家を出るようにした。かおるちゃんが通ると吠えるから。

よかった。どうやらかおるちゃんは、バドミントン部には入らなかったようだ。だいたい、かおるちゃんにバドミントンは無理だ。どう見ても運動音痴だもの。

でも相変わらず学校内では手を振ってくるし、朝も私が家を出るのを待っている時もあるようだ。

なかなかマリーが吠えないから遅刻してしまうと思って慌てて出ると、かおるちゃんも慌てたように走ってきて遅刻しそうだから走ろうと言って私の手を引っぱる。仕方なく一緒に走るが、だんだんかおるちゃんの方が遅くなり、私が引っぱる形になっている。勘弁して。


お母さんが田舎のおばあちゃんに洋服を送ってもらってた意味が、大きくなるに連れてわかってきた。お母さんは、かおるちゃんとお揃いになるのが嫌だったんだね。

私も最初は同じ洋服などが嬉しかったが、かおるちゃんが小学校に入った頃からかおるちゃんのことが嫌になってきた。学校に行く時などやたらとベタベタくっついてくるし、お揃いのバッジやピン留めなどくれるようになった。

さすがに中学では私がバドミントン部の朝練などで早く登校してしまうので一緒に学校に行くことはほとんどなかったが、定期テストの期間などは偶然を装ってか、私が家の門を出ると走ってくる。そして教科書やノートを開いて、ここがよくわからないから教えてと言ってくる。一度嘘を教えてやったことがあった、ざまあー見ろ。

今年私は大学受験だ。絶対かおるちゃんの受かりそうもない大学に入って、かおるちゃんの呪縛から逃れてやる。

もう私に関わらないで。

隣の麗奈ちゃん

隣の麗奈ちゃんとは、小さい時からのお友達。でも、かおるが幼稚園に通うようになってからは、あまり遊んでいない。

ママは、麗奈ちゃんはピアノやバレエをやっているから忙しいのよって言っている。かおるも麗奈ちゃんと一緒にピアノとバレエやりたいけど、ママがもっと大きくなってからにしましょうって。

麗奈ちゃんとお揃いの物はいっぱい買ってくれる。麗奈ちゃんに会った時、ほらお揃いだよって見せたいのに、ママがいつもかおるの手を引っ張って家に入ってしまう。まるで、かおるを麗奈ちゃんに会わせたくないみたい。

お気に入りは、黄色のひまわりのピン留め。幼稚園バスを降りた時、ちょうど麗奈ちゃんがいたから走っていって見せたかったのに、またママがかおるの手を引っ張るから、しょうがなく家に入った。

最近、ママは麗奈ちゃんとお揃いの物を買ってくれなくなった。麗奈ちゃんの、あの白いブラウスと赤いスカート、可愛いな。

ママは麗奈ちゃんのこと、嫌いなのかな。

隣の麗奈ちゃん　2

隣の麗奈ちゃんと同じ高校に入学した。麗奈ちゃん、新入生歓迎会で私を見てびっくりしただろうな。喜んでくれただろうな。

これから毎日、麗奈ちゃんと学校に通おうと思って外に出て麗奈ちゃんが出てくるの待ってた。麗奈ちゃんが出てきたから走って行った。麗奈ちゃんがバドミントン部だから、私もバドミントン部に入ろうかと思ってと話してみた。麗奈ちゃんは、にこにこしていた。私と一緒にバドミントン出来ることが嬉しいのかな。

学校内で麗奈ちゃんを見かけると、麗奈ちゃ～んと言って手を振る。あんなに綺麗な先輩が知り合いにいることをさりげなく友達に自慢するため。そして先輩なのに麗奈ちゃんと呼べる優越感。友達は先輩と呼ばなくていいの？　とあたふたしているけど、私と麗奈ちゃんの仲だもの。でも麗奈ちゃんには、学校内では金子さんと呼ばれる。

麗奈ちゃん家で飼っている犬のマリーは、お母さんと私が通るとよく吠える。前に飼っていたゲンもお母さんが通ると吠えていた。だから私はゲンもマリーも嫌い。なんであんなにもおバカな犬を飼っているんだろう。麗奈ちゃん家に似合わない。

バドミントンはやっぱり私には無理だ。お母さんは麗奈ちゃんと同じバドミントン部に入るように勧めてくるけど、私はこう見えても運動が苦手なのだ。残念だけど許してね。

でも相変わらず学校内で麗奈ちゃんを見かければ手を振る、そうすると麗奈ちゃんも嬉しそうに手を振ってくれる。

朝は最近、麗奈ちゃんは出るのが遅い。麗奈ちゃんを待っていると、私が遅刻してしまいそうなので先に行ってしまうけど、やっぱりよくない。今日は、麗奈ちゃんが遅刻しないように麗奈ちゃんが出てくるのを待っていた。案の定、遅刻ギリギリ。私は麗奈ちゃんの手を引いて走った。どうやら遅刻しないで済んだ。

中学の頃は麗奈ちゃんはバドミントン部の朝練で、ほとんど一緒に学校に行ったことがない。でも定期テストの時などは部活がないから、一緒に学校に行っていた。登校途中、勉強を教えてもらっていた。とっても優しい麗奈ちゃん。

麗奈ちゃんは、どこの大学に行くのかな。私も同じ大学目指して頑張るよ。待っててね、麗奈ちゃん。

僕は智

なんでお母さんは、かおるにばかりお金をかけるんだ？　だいたい、隣の麗奈と同じ服が、かおるに似合うはずないじゃないか！　全く身の程知らずめ。かおるもかおるだ。麗奈とお揃いが、なんで嬉しい？

こいつらとは付き合っていられない。クラスの男子と遊んでる方が、絶対楽しい。

隣のゲンは賢い。悪い人に吠える犬なんて、なかなかいないと思う。

そういえば、お母さんにも吠えていた。ゲンも、かおるにばかりお金を使うお母さんが嫌いなんだな。

最近、麗奈が着ている白いブラウスと赤いスカート、これをかおるが着たらどうだろう……。想像してみたが無理！　全然似合わない。こんなお嬢様みたいな服、ブスなかおるが着てはいけない。

幸い、これと同じ服は持っていないようなので安心した。
お母さんは、かおるが麗奈とは違うことに、いつ気付くのだろう。
とにかく誰か、かおるに麗奈と同じ服を着るのをやめさせて。

双

●前園　琢己
■木石　智也

●2歳頃の記憶。僕と同じくらいの男の子が、女の人に手を引かれながら遠ざかっていく。時々こちらを振り返りながら、手を振っていた。あれは誰だったのか。

■2歳頃の記憶。母親に手を引かれながら、時々後ろを振り返り、僕と同じくらいの男の子に手を振った。あれは誰だったのか。

●時々夢の中に、その男の子が出てくる。どんな顔なのか、ぼやけていてわからないのに、にこにこ笑っているのはわかる。そして、その男の子は僕のことを〝たくちゃん〃と呼び、僕はその男の子のことを〃ともちゃん〃と呼んでいる。

■その男の子のことを僕は〃たくちゃん〃と呼び、その〃たくちゃん〃は、僕のことを〃ともちゃん〃と呼んでくれていたように思う。ただ顔は全く思い出せない。僕は幼い頃、児童養護施設にいたことがあるそうだ。多分そこでの友達だったのだろう。

●僕は小学1年の時、今の両親のもとに来た。僕はそれまで児童養護施設で暮らしていた。小学生くらいになるとなかなか引き取ってくれる家庭はないらしいが、父と母はえらく僕を気に入ってくれて、もう10年にもなるが何不自由なく育ててくれている。

■2歳の頃、今の両親に引き取られてもう15年になる。僕が児童養護施設にいたということは中学に入学した頃に父親から聞いた。大人になってから知るよりいいだろうということだった。母親は反対したらしいが。

●学校へは電車で通っている。満員電車に揺られていると突然身体に痛みが走った。大きなものがぶつかってきたような感じ。特に右足首が痛い。電車から降りて歩き出したが、右足は引きずるくらいの痛みだ。

この痛みでは部活は無理なので、授業が終わると病院に行った。レントゲン撮影をしたが、骨には異常は見られない。見た目も普通と変わらないため、原因がわからない。痛み止めの薬を処方されたが飲まないでおこう。

■朝、いつものように家を出た。学校へは自転車で20分ほどかかる。信号が青に変わり自転車を漕ぎ出した途端、信号を無視して勢いよく走ってきた車にぶつかった。右足首が痛い。骨でも折れたか。僕は救急車で病院に運ばれた。

レントゲン撮影をしたが、やはり右足首を骨折していた。

●次の日になると嘘のように痛みはなくなっていた。部活にも出られる。もうすぐ大会がある、今日はレギュラーの発表があるから休んでなんかいられない。

■もうすぐ大会があるが、今年はレギュラーは諦めなくては。

●今年もレギュラー入りできた。１回戦の相手は去年準優勝したサッカーの強豪校、南高校だ。ただ、南高校のエース木石が今年は怪我でレギュラーからはずれている。チャンスかもしれない。

キックオフだ。

■今年は観客席からサッカー観戦。

キックオフだ。

それにしても、西高校のエース前園はすごい。前園という名前から、あの「マイアミの奇跡」の時の元日本代表のキャプテン前園真聖を連想してしまうが、特に関係はないらしい。

●やはり南高校は、エース木石だけが上手いわけではなかった。他の選手のサポートもあってのエースなのだ。惨敗！

■前園だけが上手くても、それを取り囲む選手たちが、まだ前園についていけてない。まぁ、そのおかげで南高校が勝つことができたのだが。

●去年も今年も1回戦で負けた。なかなか勝ち進むことができない。来年こそだ。南高校は準決勝まで勝ち進んだが、エースがいない痛手は大きかったらしく、敗退した。

■おしくも準決勝で負けてしまった。残念だ。来年は最後なので、絶対にレギュラーになって優勝してやる。

●今年の南高校はエースの木石がいなかったのに、よく準決勝まで進んだなぁと先輩たちが話していた。

そういえばお前、なんとなく木石智也に似ているな。１人の先輩が僕の方を見て言った。

木石は智也という名前なのかと初めて知った。下の名前まで気にしたことがなかった。ともやという名前、懐かしい感じがする。

智也という名前は珍しくはないが、僕が時々見る夢に出てくるともちゃんは、ともやという名前なのだろうか？　児童養護施設で手を振っていた男の子なのか。

■大会に出場した部活の仲間が、１回戦であたった西高校のエース前園琢己が僕に似ていたと口々に言っていた。まるでお前と試合をしているようだったと。
似ていると思ったことはなかったが、琢己という名が気になってはいた。琢己……たくみ……たく……たくちゃん……。

児童養護施設にいた頃の友達だったであろうたくちゃんは、たくみという名前だったのだろうか。違う気もするが。

●僕は本当の両親のことは何も知らない。今の両親も、僕の本当の両親のことは知らないらしい。本当は知っているが、言えない理由があるのかもしれない。だから僕も、本当の両親について聞いたことはない。

■児童養護施設にいたことを中学に入った時に初めて聞かされた。この時、本当の親についても聞かされた。

それによると、僕の実の母は、僕を産むと間もなく亡くなったそうだ。元々身体が弱い人だったらしい。僕は父の実家でおばあちゃんに育てられることになったが、そのおばあちゃんも僕が2ヶ月くらいになった頃、脳卒中で倒れた。仕方なく、父は僕を児童養護施設に預けたが、それから間もなく交通事故にあった。信号待ちをしているところへ車が突っ込んできた。即死だったそうだ。

●今日は南高校との練習試合だ。今年から南高校の監督が代わったらしいが、うちの監督と知り合いらしい。そのおかげで、練習試合をすることになった。南高校との練習試合は初めてで楽しみでもある。

■今日は西高校との練習試合がある。足もすっかり治った。

試合はうちのグラウンドで行われる。もうすぐ西高校の選手たちが到着する。エース前園との試合が楽しみだ。

●当たり前だが、練習試合は惨敗だった。僕が最初にゴールを決め、先制点を取って出足順調だったのに、あっという間に逆転された。

エース木石が上手いパスをして得点へつなげていく。見事だ。気が付けば3‐1で負けていた。

■エース前園に先制点を決められた時は、正直言って焦った。その後も、前園がいい位置にパスを送るが、ゴールにはつながらなかった。

なんとか勝てたという感じだ。これから西高校はどんどん力をつけていくに違いない。来年の大会が楽しみだ。

●あれから何度か南高校と練習試合をしたが、一度も勝ったことはない。でもこの前初めて1‐1の同点で終わることができた。

試合後握手をした時、エース木石が僕の目を見て微かに笑ったような気がした。

■西高校とのこの前の練習試合は1‐1の同点で終わった。西高校とは練習試合を何度かしてきたが、同点は初めてだ。やはり力をつけてきていると思う。次は負けるかもしれない。

●僕が児童養護施設にいた頃通っていた小学校では、〝なかのたくや〟という名前で呼ばれていた。1年の夏休みに今の両親に引き取られてから〝まえぞのたくみ〟になった。前園は今の両親の苗字であり、琢己は今の両親が改名した。

■僕は生まれた時の姓など気にしたこともなかったが、児童養護施設にいた頃は〝中野〟という姓だったと父親が言っていた。なんでこんなに昔のことを詳しく話してくれるのか不思議でならないが、父親は僕に何かを伝えたいのかもしれない。なんだろう。

●試験1週間前なので、今日から部活は休みだ。だからって、まっすぐ家には帰らない。部活仲間と久しぶりにスタバに行って話をしよう。
コーヒーを飲みながら仲間としゃべっていると、やぁ、と声をかけられた。みんなで声のした方を向くと、南高校のエース木石が立っていた。

■あれ？　もしかして、あれは西高校のサッカー部のやつら。よく見ると、エース前園もいる。話をするチャンスかもしれない。もうすぐ試験だから、部活が休みなんだな、一緒だなぁ。

僕は部活の仲間に声をかけてくると断って、西高校のサッカー部のやつらに近付いた。どう声をかけていいのかわからず、やぁと言ってみたら、みんながいっせいに僕の方を向いたので、ちょっとびっくりした。

●今日は楽しかった。思いがけないところで南高校のサッカー部のメンバーに会っていろいろ話した。中でもエース木石は気さくなやつだった。いい友達になれそうだ。
来週からの試験を頑張って、また練習試合で会おうと、お互いいい形で別れた。

■あんな所で西高校のサッカー部のやつらに会うとは思わなかった。でもみんないいやつらでよかった。今度の練習試合を楽しみにしていると言って、お互い別れた。その前の試験がやだけどねと、エース前園が笑っていた。それは僕も一緒だよ。

●試験二日目。明日は最終日だから、その後部活が始まる。今日しか早く帰れる日がない。今度の日曜日が母の誕生日なので、プレゼントを買いにショッピングモールへ来た。
どのお店に行ったらいいか迷っていたら、後ろから、また会ったねと声をかけられた。
■学校の友達はみんな試験勉強のために早く帰っていったが、僕は読みたい本を探しにショッピングモールへ来た。
本屋へ向かって歩いていると、前園が前を歩いていた。また会ったねと後ろから声をかけた。
●すっかり母親のプレゼントを買うのを忘れて帰ってきてしまった。まぁ、少し遅れても大丈夫かな。
木石とマックでコーラとポテトを食べながら、いろんな話をした。

そういえば、ちらっと言っていた。児童養護施設にいたことがあって、そこでの友達がたくちゃんという名前だったと。その時はあまり気に留めなかったのだが。

木石とＬＩＮＥの交換をした。

■久しぶりにマックのポテトを食べた。本を買うのはまた今度でもいいか。どうしてだか、前園に自分が児童養護施設にいたことを話していた。実はそのことを知っている友達は１人もいない。特に話す必要もないと思ったから。

前園とＬＩＮＥの交換をした。

●その夜、木石にＬＩＮＥを送った。今日はゆっくり話すことができてよかったということと、実は僕も児童養護施設にいて、その時の友達の名前がともちゃんだったということ。

■その夜、さっそく前園からＬＩＮＥが来た。この内容は偶然なのだろうか？　前園も児童養護施設にいて、その頃の友達の名前がともちゃんだということ。

僕はもっと掘り下げて聞いてみた。児童養護施設があった場所や施設名、いつまでいたかなど……。

●木石はすぐ返事をくれた。児童養護施設の場所も名前も、僕は覚えていない。小学1年生の夏休みまでいたことを伝えた。

なんでこんなことを木石は聞いてくるのか。まさか、ともちゃんは木石なのか。そんな偶然あるのだろうか。

するとまたすぐに返事をくれた。木石自身は2歳まで児童養護施設にいたそうだ。そして場所も名前も教えてくれた。それを聞いても僕にはわからないが。

■これは単なる偶然ではないような気がしてきた。でも、今の時点でこれ以上調べることはできない。どうすればわかるだろう。

●大雨の中、南高校との練習試合が行われた。またも1‐1の同点で終わった。

僕はその夜、39℃の高熱が出た。やはり大雨の中での試合は無理があったのかも。

みんなは大丈夫だろうか。

■今日の練習試合は大雨だった。両監督はやめようと言ったが、選手たちはみんな久しぶりの試合だったのでどうしてもやりたいと無理を言った。1 - 1の同点で終わった。

あの雨のせいだろう、僕はその夜から39℃の高熱を出した。みんなは大丈夫だったろうか。

●2歳頃の記憶などほとんどないが、手を振って去っていった男の子のことはよっぽどショックだったのか、覚えている。その時、僕は泣いていたかもしれない。

高熱にうかされながら夢を見た。2歳のともちゃんが、いつの間にか今の僕と同じくらいの歳になって、僕の目の前にいる。顔はぼやけてわからないが。

■僕は高熱にうかされながら夢を見ていた。たくちゃんが僕を見ている。何か言っているようだが、口がパクパク動いているだけで声になっていない。僕は、なぁに？と必死になって聞き返すが、何も変わらない。

●次の日、僕は高校に入学して初めて学校を休んだ。昼頃には熱も下がり、だいぶ楽になってきた。

携帯が鳴ったので覗いてみると、木石からのＬＩＮＥだった。木石も昨夜から熱を出して、今日学校を休んだらしい。

僕も昨日から39℃の熱で学校を休んだ、でももう熱は下がった、と返した。

■次の日、僕は学校を休んだが昼頃には熱は下がった。退屈になり、前園にＬＩＮＥでもしてみようと思い、授業中だろうとは思ったが返事は期待せず送ってみた。すぐに返事が返ってきた。不思議な話だ。前園も熱で学校を休んでいた。

●だいぶ遅くなってしまったが、今日は少し早く部活が終わったので、母の誕生日プ

郵 便 は が き

料金受取人払郵便

新宿局承認

3971

差出有効期間
2022年7月
31日まで
（切手不要）

1 6 0-8 7 9 1

141

東京都新宿区新宿1－10－1

(株)文芸社

愛読者カード係 行

ふりがな お名前			明治 大正 昭和 平成 年生 歳
ふりがな ご住所	□□□-□□□□		性別 男・女
お電話 番 号	（書籍ご注文の際に必要です）	ご職業	
E-mail			

ご購読雑誌(複数可)	ご購読新聞 新聞

最近読んでおもしろかった本や今後、とりあげてほしいテーマをお教えください。

ご自分の研究成果や経験、お考え等を出版してみたいというお気持ちはありますか。

ある　ない　内容・テーマ（　　　）

現在完成した作品をお持ちですか。

ある　ない　ジャンル・原稿量（　　　）

書　名			
お買上 書　店	都道 府県　　　　市区 郡	書店名	書店
		ご購入日	年　　月　　日

本書をどこでお知りになりましたか?

1.書店店頭　2.知人にすすめられて　3.インターネット(サイト名　　　　　)

4.DMハガキ　5.広告、記事を見て(新聞、雑誌名　　　　　)

上の質問に関連して、ご購入の決め手となったのは?

1.タイトル　2.著者　3.内容　4.カバーデザイン　5.帯

その他ご自由にお書きください。

(　　　　　)

本書についてのご意見、ご感想をお聞かせください。

①内容について

②カバー、タイトル、帯について

弊社Webサイトからもご意見、ご感想をお寄せいただけます。

ご協力ありがとうございました。

※お寄せいただいたご意見、ご感想は新聞広告等で匿名にて使わせていただくことがあります。

※お客様の個人情報は、小社からの連絡のみに使用します。社外に提供することは一切ありません。

■書籍のご注文は、お近くの書店または、ブックサービス(0120-29-9625)、セブンネットショッピング(http://7net.omni7.jp/)にお申し込み下さい。

レゼントを買いに行った。母は、何もいらないよ、琢己がいてくれればそれでいいよ、と言っていた。本当の子どもではないのに、僕を大切に思ってくれる両親に感謝しなくては。

遅くなったけど、と言って母にプレゼントを渡すと、母はありがとうと言って喜んでくれた。

間もなく父が帰ってきたので、３人で夕飯を食べた。そうだ、両親なら僕がいた児童養護施設の場所も名前もわかるはず、聞いてみよう。

■部活を終えて家に帰ると、今日は珍しく父親がいた。聞くと、今日は会社を休んで病院に行ったそうだ。どこが悪いのかと聞いたら、大したことはないのだが、胃にポリープがあってそれを切除したとのことだった。

それを聞いて自分の部屋に行こうとすると、ちょっと話があるから座りなさいと言われ、僕は父親の向かいに腰を下ろした。

●児童養護施設の場所も名前も、木石から聞いていたのと一緒だ。どういうことか。単なる偶然か。ともちゃんとは木石智也のことなのか。僕は木石にＬＩＮＥを送った。

■自分の部屋に行って椅子に座り、僕はじっと考えた。

僕は双子だったのか。両親は僕だけを引き取ったが、あとになって、双子を引き離したことをすごく後悔したそうだ。僕が弟で、兄は〝たくや〟というそうだ。だから、たくちゃんという名をいつまでも忘れないでいたのか。

前園からＬＩＮＥがきた。

●僕と木石は日曜日、部活を休んで会うことになった。ゆっくり話がしたいと木石が言ってきたから。ショッピングモールのマックで待ち合わせた。

もう木石は来てビッグマックを食べていた。

■日曜日、前園と会う約束をした。児童養護施設のことや僕が双子だったということなど、話したいこと聞きたいことが山ほどあった。

僕の方が先に着いたようだ、お腹も空いたのでビッグマックでも食べながら待っていよう。

●木石が双子？
児童養護施設で多分、僕たちは同じ時期にいたはずだ。お兄さんの名前は〝たくや〟だと言った。僕は木石の誕生日を聞いた。

■僕は自分が双子だったことを伝えた。
僕たちが同じ頃、児童養護施設にいたとしたら、前園は僕の兄を知っているかもしれない。

兄の名前が〝たくや〟だということを伝えると、前園は驚いた顔をして誕生日を聞いてきた。

●同じ日だ、それは僕たちが双子だったという証拠だ。僕は琢也だ、引き取られる前は琢也だったんだと木石に言った。

だからだ、僕たちが似ていると先輩たちが言っていた。双子だから、似ているの当たり前じゃないか。

■同じ日じゃないか。前園は児童養護施設にいた頃は〝たくや〟という名だった、今の親が琢己と改名したそうだ。

部活の友達が、前園とサッカーしてるとお前としてるみたいだとよく言っていたが、これで謎が解けた気分だ。

●僕にも血を分けた兄弟がいた。だからって今までの関係を変えるつもりはない。それは木石も同じ考えのようだ。でも近くにいるというだけで心強い。

今日は一生忘れられない日になるだろう。

■信じられないことが起こったようだ。僕と前園が双子だった。でも今までと何かを変えるつもりはない。いい友達の関係でいよう。

今日という日を一生忘れないでいよう。

初めての4人旅行

清水冴子＝冴子　千葉成美＝成美　菊池智子＝とま子　柴門可奈＝かなっぺ

6時45分。これじゃ8時23分の新幹線に間に合わないかも。これから化粧して着替えるのだ。急がなきゃ。

成美は起きられただろうか？　電話してみようかな。とま子は、しっかりしてるから大丈夫だと思う……。かなっぺも、いつもぼーっとしてるけど、約束に遅れてきたことはないので大丈夫。

とりあえず成美に電話。

「もしもし、おはよう成美。起きてた？」

あ～うるさい、こんなに早くに誰なの。

「もしもし〜」

冴子、ありがとう、電話くれなかったら起きてなかったよ。

さぁ大変、こんな時間。冴子も寝坊したな。遅れたら、とま子に怒られる。かなっぺは優しいから、にこにこしながら大丈夫よ〜って言ってくれそう。

まさか冴子と成美、まだ寝てたりしないよね⁉　新幹線の時間に間に合わなかったら置いてくって、あれだけ言ったからね。

かなっぺはまた30分も前に来てぼーっと待ってるんだろうな。私も早めに行って、かなっぺと朝食でも買ってよう。

みんな遅れずに来るかしら。智子ちゃんはいいとして、冴ちゃんと成美ちゃんは心配だわ。電話してみようかしら。でも、まだ6時前だし早過ぎるわね、いくらなんでも失礼よね。

電車が遅れてたり止まってたりしたら大変だから、そろそろ出ようかしらね。

成美とは中学高校と一緒だった。ただ中学の頃は同じクラスになったことはなかったので、親しくはなかった。なのに、なぜか高校では3年間同じクラスだった。入学式を終えたあと、クラスの中は知らない人ばかりで、中学から一緒の学校だった成美と目が合い、にっこり笑ったら、成美も笑い返してくれた。それからいつも一緒にいるようになった。

冴子と高校で同じクラスになった時は、どうしようと思った。なんたって冴子は中学の時、裏で番を張っていたんだから。入学式のあと、教室でにっこりされた時は、終わった……と思ったよ。

中学の頃、陰で冴子の話をする時は「清水さん」と言っていた。いくら陰の話でも呼び捨てにするなんてできない、殺されると思った。

でも冴子が言うには、普通の可愛い女子高生をやってみたいって中学卒業と同時に裏番も卒業したらしい。初めの頃は信じられなかったけどね。でも高校3年間、停学になったことはないから、多分本当なんだろうね。

中学まで私のあだ名は〝桃ちゃん〟〝桃子ちゃん〟〝桃子〟だった。なぜかと言うと名前が〝菊池智子〟だから。自己紹介すると〝菊池桃子〟と聞こえるらしく、よく聞き返された。おばさんになってもあの可愛い〝菊池桃子〟と比べられ、残念そうな顔をされる、もちろん言葉には出さないが。

でも、私はそのあだ名が気に入っていた。なのに高校に入ると、丸い赤ら顔の私を見て、

「トマトみたいな顔してるね。智子じゃなくて、とま子でいいじゃん」

それから私のあだ名は、とま子になった。成美のやつ！

よくお嬢様って言われるけど、けっしてお嬢様なんかじゃないのよ。パパは普通のサラリーマンだし、ママはスーパーでレジのパートをしているの。でも中学までは、お嬢様お嬢様って呼ばれてたわ。

なのに〝かなっぺ〟ってなぁに。なんか〝いなかっぺ〟みたいじゃなぁい。まぁ、しょうがないわよね、下々の考えることなんてその程度だわ……。

あっ、でも、けっしてお嬢様なんかじゃないのよ。家は公営住宅だし、弟なんて小学校の頃は冬でも靴下履いてなかったわ。お嬢様の弟が靴下履いてないのおかしいって言って、友達がよく靴下をくれたの、1足1000円以上もする靴下。私は3足980円の靴下履いてるのに。

よし完璧。新幹線にギリギリ間に合う。朝食……東京駅で買おうと思っていたけどそんな時間ないかも。かなっぺに何か買っておいてくれるようLINE入れておこう。

あっ、成美から電話だ。

あ～大変大変。鍵、鍵、家の鍵が見つからない。急いでる時に限っていつもこう、やになる……あっ、もしかして一緒に洗濯しちゃった？　あー、あったあった。間に合うかなぁ、新幹線。間に合わなかったら先に行ってって、冴子に電話しておこう。

やっぱりかなっぺ、もう来てる。

「おはよう、かなっぺ」

駅弁屋にでも行こうかな。

それにしてもいつも人でいっぱい。何にしよう、迷っちゃう。いつも朝はそんなにたくさん食べられないけど、こういう時はなぜか食べられるんだよね。お茶も買おう。

ん、かなっぺの携帯が鳴ってる。


あら、智子ちゃん、早いわね。私も今来たところよ。朝ごはん？　もちろん食べてきたわ。でも智子ちゃんが駅弁屋さんに行きたいなら、一緒に行ってあげるわね。

智子ちゃん、時間かけ過ぎじゃない？　そりゃあ駅弁はどれも美味しそうだけど、そんなに迷わなくてもいいと思うの。

あれ、冴ちゃんからＬＩＮＥだわ。朝食買っておいてって？　……何がいいかしら？　こんなにあったら迷うわね。何が食べたいか、ＬＩＮＥで聞いてみましょう。

なんでもいいですって？　一番困るパターンだわ。智子ちゃんと同じものにしておきましょ、お茶もいるかしら？

待って〜、閉まっちゃった。まぁ、次の電車でも間に合うと思うからいいか。成美はもう出たかな？

えっ、なんでもいいのに。適当に買っておいて。もういちいち「何がいい？」なんてＬＩＮＥしてこないでいいよ。頼む人、間違えたな。とま子に頼めばよかった。

え〜、またＬＩＮＥ？　とま子と同じお弁当にしたって、写真まで送ってきた。お茶もいる？　って、いるいる。

計１１２０円って、そんなの会った時でよくない？

土曜日の電車は空いてるなっ、どっこいしょっと。はぁ〜座ったら眠くなってきた。寝過ごさないようにしないと。

それにしてもお腹空いた。ご飯買う時間あるかな、新幹線の中で買えばいいか。

とま子とかなっぺは、もう東京駅に着いてるんだろうな。
新幹線の切符、忘れてないよね⁉　どこに入れたっけ？　え〜、ないないないない
……ガーン！　忘れた。しょうがない、自由席の切符買おう。

かなっぺ、荷物多くない？　いったい、何持ってきた？　まさかあの長ったらしい名前の熊だっけ、犬だっけの縫いぐるみ持ってきたの？　小さい頃からその縫いぐるみがないと寝られないとか言ってたけど、旅行にまで持ってきた？　聞くのが怖い。荷物については触れないようにしよう。

私、子どもの頃からグレゴリー王子が一緒じゃないと寝られないの。だから旅行にもいつも連れていくことにしてるのよ。
グレゴリー王子の正式名は、クリストファー・カールアレクサンダー・グレゴリー王子。白熊の縫いぐるみなの。今日初めてあの３人に紹介するのよ、楽しみね。
いつまでもグレゴリー王子をカバンの中に入れておいたらかわいそうだから、新幹

線に乗ったら出してあげましょうね。


あー、いたいた。

「とま子、かなっぺ、おはよう。間に合ったー」

もうすぐ新幹線がホームに入ってくる。成美はまだかな、先に行っちゃうよ。連絡する余裕もないんだろう。


切符買わなきゃ。うわっ、並んでるよ。新幹線出るまであと5分。早く早く。

よしっ、切符ゲット！　走れー。はぁはぁ。

携帯鳴ってるけど、出てる余裕ない。


成美に電話してるけど、全然出ない。もう東京駅には着いてるかな。本当に行っちゃうよ。留守電に入れておこう。

「成美ー、先行ってるからねー、現地集合ねー」

冴ちゃんが来たわ。あとは成美ちゃんだけど大丈夫かしら。新幹線がホームに入ってきちゃったわ。乗りましょうか。

冴ちゃんも智子ちゃんもイライラしてるみたいね、成美ちゃんが来ないから。

新幹線が入ってきたから乗らないと。

荷物を上の棚に置いて席を向かい合わせにしよう。

もう発車しちゃう。成美、間に合わなかったね。まぁ、とま子が留守電入れておいたから、次の新幹線で来るかな。落ち着いたら連絡くるでしょ。

それにしても、かなっぺの荷物多くない？

「かなっぺ、何持ってきたの？」

間に合った間に合った、新幹線まだ出てない。どこでもいいから乗っちゃえ。おっと、ギリギリセーフ、挟まるとこだった。

私たちの席、何号車だっけ？　とま子に聞こう。

あっ、成美から電話だ。この新幹線に乗れたって。

冴子、かなっぺに荷物のこと聞いちゃダメだって。えっ⁉　かなっぺ、何出してるの。ここで出す？

いよいよお披露目よ、私のグレゴリー王子。可愛いでしょう、見て見て。

「はじめまして、白熊のグレゴリー王子です。よろしくお願いします」

グレゴリー王子におじぎをさせてと。うふっ。

白熊？　白くは見えないけど。

成美が来た。

「成美、ここ、ここ。間に合ったね、よかった」

いたいた。冴子が呼んでる。ん、何あれ？　小汚い縫いぐるみが手を振ってる……。かなっぺ？　なんで縫いぐるみ？

成美、よかった。みんな揃って行けるね。これでゆっくりお弁当が食べられる。冴子、いただきますしよう。えっ、成美、朝ごはん買ってないの？　しょうがない、少し分けてあげるよ。


成美ちゃんが来たわ。グレゴリー王子、手を振りましょうね。

「はじめまして成美ちゃん、僕はグレゴリー王子だよ。うふっ」

駅弁美味しそうだわ。ねっ、グレゴリー王子。グレゴリー王子も食べたいわね。

冴ちゃん、駅弁代忘れてないかしら。


いただきまーす。美味しそう。かなっぺありがとう。そうそうお金返さないとね。

かなっぺは朝ごはん買ってないの？　食べてきたんだ、でも、お腹空かない？

「は……はじめまして、成美です……」

なんのこっちゃこれは。なんなのこの縫いぐるみ。かなっぺ、なんでこんなの持ってきたの？　意味わかんない。冴子？　とま子？　もう〜、無視しないでよ。なんで知らないフリして、お弁当食べてんの〜。

「美味しいねぇ、冴子」

成美、かなっぺは任せたよ。かなっぺワールドに付き合ってやって、この卵焼きもあげるから。

1120円よ。お釣り、細かいのないわ、あとでもいいかしら。え〜そんなの悪いわよ。いいわ、あとで細かいの出来たら、返すわね。成美ちゃんも智子ちゃんも覚えてて。あとで冴ちゃんにお釣り返すこと。

「ありがとう、からあげ」

「ぴったりないよ、いいよ30円くらい」
それより美味しいよ、このお弁当。かなっぺも買えばよかったのに。からあげ食べる？

この卵焼き美味しい。目の前の縫いぐるみがちょっと気になるけど、冴子もとま子も気にしていないようだから、騒ぐのはやめよう。かなっぺの大事なものなんだから受け入れてあげよう。うん、私って、お、と、な。

4人での初めての旅行が始まった。いつか4人で行こうねって高校の時、話したね。それが今実現したよ。嬉しいね。これから何度も4人で旅行に行くと思うけど、記念すべき第1回はバタバタな始まりだね。
あっ、富士山だよ。天気も最高だね。冴子、成美、かなっぺ、いつまでも一緒に旅行に行こうね。

朝早かったから眠くなってきたわ。ちょっと眠ろうかしら。着いたら起こしてくれるわよね。

あらっ、富士山が見えてきたわ。いつ見ても素敵ね。いい夢見れそう。

かなっぺ寝ちゃったね、そっとしといてあげよう。まだまだ、いっぱい時間あるからね。

私も眠くなってきた。はあ〜。成美もとま子も眠そうね。みんなが寝ちゃったら誰が起こしてくれるのかな。

私が一番寝てたはずなのに、お腹いっぱいになったら眠くなってきたよ。

今日のとま子は優しいなぁ。絶対怒られると思ったのに。

そういえば、かなっぺ、小さい頃から一緒に寝てる縫いぐるみがあるって言ってたなぁ。それがこれね。だから寝ちゃったのね。

私が眠っちゃったら、誰がみんなを起こすの？　頑張って起きてよう。目的地は終点じゃないんだから。でも、みんな眠っちゃって話す人がいないと眠いよー。１人で世界の車窓からごっこでもしてようかな。

あれっ、かなっぺのグレゴリー王子が落っこちた。拾ってかなっぺの膝の上に置いたけど、また落ちた。もう1回膝の上……もう、また落ちたよ。わかったよっ、グレゴリー王子は私が預かっとくよ……んー邪魔だ！

いつの間にか寝ちゃってたのね。なんでグレゴリー王子が目の前にいるのかしら？私が抱っこしてたのに。智子ちゃんたらグレゴリー王子が気に入ったのね、ちょっとだけ貸してあげるわね。気持ちよく眠れるでしょう、うふっ。

みんな眠っちゃったのね。もうすぐ着くから起こさないと。

あぁ、かなっぺ、ありがとう。いつの間にか寝ちゃった。

新幹線が駅に停車した。で今どこ？　えっ、まだじゃない、あと1時間くらい寝れたよぉ。成美ととま子は、まだ起こさなくていいんじゃない。

冴子とかなっぺが何か話してるようだけど、眠いから寝てよう。今どこかな？　あー、まだここなら、あと1時間くらい眠れるなぁ。

なんか鼻がくすぐったいと思ったら、グレゴリー王子が私の顔にくっついてた。やっぱり邪魔だ！

冴ちゃん、ごめんなさい。まだ早かったかしら。あと1時間しかないから起こしたんだけど、智子ちゃんと成美ちゃんは起こさなくてもいいの？　心配だわぁ。

もうすぐ着くよ、成美、とま子……かなっぺ、起きて。さっき、かなっぺに起こされてから眠れなくなっちゃった。もう、かなっぺったら、人のこと起こしておいて自分はいつの間にか寝てるし。起きて起きて。

あぁ、冴子ありがとう、いよいよね。あれ？　この熊、とま子のだったんだ、大事そうに抱っこして。とま子、もうすぐ着くよ。かなっぺも起きて。

えっ？　違うから。この熊は、かなっぺのだよ。かなっぺのグレゴリー王子。これがないと眠れないんだって、って寝てるけどね。お姫様起きて。

眠ってしまったわ。まぁグレゴリー王子、起こしてくれたのね、ありがとう。智子ちゃん、そろそろグレゴリー王子を返してね。

いいお天気ね。いい旅行になりそうだわ。さあ、行きましょう。

仲良し4人組　～清水冴子の場合～

小学6年生の時、父と母が離婚した。私に何も言わずに母は出ていった。その1年後、新しい母が現れた。当然のように私の生活は乱れ、学校にも行かず家にも帰らない日々が続いた。

たまに学校に行っても私はクラスから浮いていた。いつしか私は裏番と言われるようになった。実際、そんなに悪いことはしていない。夜、ゲームセンターに悪い友達と出入りしていたくらいだ。でも同年代の真面目な子から見ると、すごく悪いことをしているように思えたのかもしれない。だから裏番なんて陰で言われていたのだ。

新しい母は私の顔色をいつも気にしていた。

「冴子さんの好きな苺、買ってきたわよ。美味しいから食べてね」

私は絶対食べなかった。私には新しい母なんて必要なかった。父と2人だけで暮らしたかったのに、なんで割り込んできた？

私が中学を卒業すると同時に、父と義母は離婚した。私は普通の女子高生になった。同じ中学から同じ高校に進学した成美と、同じクラスになり仲良くなった。といっても、最初成美は、かなりびびっていたようだ。裏番と陰で噂されていた私が自分に近付いてきたからだろう。

私は早くクラスの子と仲良くなりたくて、前の席に座っている柴門さんをカラオケに誘ってみた。柴門さんは、

「カラオケなんて行ったことないわ、行く行く、楽しみぃ」

柴門さんは、どこで覚えたのかよくわからないレゲエっぽい歌とか、小節のきいた演歌など、気持ちよさそうに歌っていた。私も、なんだかわからないけど楽しくなってきて、昭和の歌謡曲なんて歌ってみた。ピンクレディーとかキャンディーズ、百恵ちゃん。みんな父が聴いていた歌だ。

いつまでも〝柴門さん〟なんて他人行儀な呼び方はよくない。柴門さんは中学までお嬢様って呼ばれてたって言うけど、本当のお嬢様ではなさそうなので思い切ってあ

だ名を変えてあげた。

可奈という名前だから、かなっぺは？　と言うと、ちょっとだけ嫌な顔したけど、すぐにしょうがないわねって顔したから、それで決まり。私のことは冴子でいいよって言ったけど、冴ちゃんって呼んでくれた。

成美も誘ったけど、用事があったらしい。

次の日、かなっぺと昨日のカラオケの話をしてたら、２つ前の席のとま子とかいうあだ名の子が、急に話に割り込んできた。びっくりしたけど、友達が増えるのは嬉しいから、「じゃ、いつ行く？」って言って、ついでだから成美も誘った。とま子が成美をじっと見てる。じっと見ながら、「今日行きましょう」

こうして仲良し４人組が出来た。

仲良し4人組　～千葉成美の場合～

平和だと勘違いするような青空。中学校最後の春休みは、高校最初の春休みでもある。明日から満員電車に乗って高校に通う。どんな出会いが待っているのか……。まさか、あの清水さんと同じ高校に通うことになるとは思ってもみなかった。どうか同じクラスにはなりませんように。

私の願いは見事に叶わなかった。清水さんがこっちを向いた。笑っている。どうしよう。とりあえず笑顔を返しておこう、何をされるかわからない。中学で裏番と言われていた清水さん、なるべく関わりたくない。

私の隣に座っている子は、丸い赤ら顔の小柄な女の子。話しかけてみたら、さっぱりした、感じのいい子だった。丸い赤ら顔がトマトみたい。だから私は、智子と名乗るその子のことを〝とま子〟と呼んだ。とま子は赤い顔をますます赤くして怒っていたが、トマトにしか見えないんだもの。さっぱりしていい子そうなんだけど、短気だ。

清水さんが毎日、一緒に帰ろうって誘ってくるから怖いけど仕方なく一緒に帰った。入学してから1週間くらい経った時、清水さんからカラオケに誘われたけど、その日は用事があることにして断った。次の日、

「昨日かなっぺとカラオケ行ったら楽しかったよ。成美も一緒に行こうよ」

と言われた。

かなっぺって……。柴門さん、あの清水さんと行くなんて勇気ある。知らないって怖い。

柴門さんは、清水さんのことを冴ちゃんなんて呼んでるけど、大丈夫？　清水さんも柴門さんのこと、かなっぺって呼んでる。

柴門さんってお嬢様らしいのに、清水さんと遊んだりして問題ないのかな？　爺やとか婆やとか、送り迎えの運転手さんとか、いないのかな？　それとも、ボディーガードみたいな人がいつでも見張ってるのかな？　今でも学校の外で待機してたりして。

まぁ、どうでもいいか。

「今日行きましょう」

とま子が急に言い出した。なぜかとま子もカラオケの話に加わっていて、今日カラオケに行こうと言っている。どうしちゃったの？　私が黙ってとま子の目を見ていると、とま子も私の目をじっと見て何かを訴えている。何？

こうして仲良し４人組が出来た。

仲良し4人組　～菊池智子の場合～

「○×小学校出身の菊池智子です……」

中学校の入学式の次の日、クラスで自己紹介をした。

「きくちももこだって！」「ももこ？」

途端にクラスは静かにざわついた。智子が桃子に聞こえたからだ。

「趣味は音楽鑑賞で、好きなスポーツはバスケット、あだ名は桃子です」

小学生の頃、自己紹介をしたら智子が桃子に聞こえてしまい、タレントの菊池桃子と同じ名前だと思われて、よく聞き返された。おばさんになってもいつまでも綺麗な菊池桃子と比べられ、残念、お気の毒みたいな顔をされることもあるが、私はこのあだ名が気に入っていた。

「○×中学校出身の菊池智子です。桃子じゃなくて智子です。でも、あだ名は桃子です」

高校の入学式の次の日、１時間目のホームルームは自己紹介だった。

チャイムが鳴ると、隣に座っていた子が声をかけてきた。

「私、成美、よろしくね」

「私は智子、だけどみんなから桃子って……」

だけどみんなから桃子って呼ばれてるって言おうとしたら、

「トマトみたいな顔してるね、智子じゃなくて、とま子でいいじゃん」

「えー、何それ、酷くない？」

私は必死で抵抗した。後ろの席のちょっとお嬢様風の子も、

「とま子って、ちょっとかわいそうだわ。智子ちゃんでいいじゃない」

と言ってくれたが、あっという間に私のあだ名はとま子になった。

私の２つ後ろの席の清水さんと、成美は中学校一緒だったみたいだけど、なんか変。

成美が清水さんを避けてるというか、ちょっと怖がってるみたいに見える。カラオケ

に誘われてたみたいだけど、断ってた。用事があるとか言ってたようだけど、本当かな？

清水さんは私の後ろの席の、お嬢様風の柴門さんを誘って行ったみたいだ。

下駄箱で成美と一緒になったので、「本当に用事があったの？」と聞いてみたら、

「誰にも言わないでね。実は清水さんって裏番なの」

私は急にお嬢様風の柴門さんが心配になってきた。悪の道に引きずり込まれてしま

うのではないかと。

次の日、清水さんとお嬢様風の柴門さんは、楽しそうに昨日のカラオケのことを話

していた。そうやって油断させて、少しずつ悪の道に引きずり込むのか。

私はお嬢様風の柴門さんを助けなければと思い、その話の中に割り込んだ。

「カラオケ楽しそうね、私も誘ってよ」

急に話に割り込んだから、清水さんとお嬢様風の柴門さんはびっくりした顔で私を

見てきた。

「じゃ、いつ行く？」

清水さんがそう言ってから、成美の方を向いて、

「昨日、かなっぺとカラオケ行ったら楽しかったよ。成美も一緒に行こうよ」

と成美を誘っていた。そんなに成美を自分の仲間にしたいのか。

こうなったら、成美もお嬢様風の柴門さんも私が助けなければ。

「今日行きましょう」


こうして仲良し４人組が出来た。

仲良し4人組　〜柴門可奈の場合〜

小学校に入学した日、我が家にグレゴリー王子がやってきたの。

「おばあちゃま、ありがとう。今日からこの子と一緒に寝るね」

おばあちゃまは入学祝いに、白熊の縫いぐるみをくれたわ。おばあちゃまは白熊に名前もつけてくれたの。クリストファー・カールアレクサンダー・グレゴリー王子。覚えるのが大変だったけど、おばあちゃまがつけてくれた名前だから、頑張って覚えたわ。

私はグレゴリー王子が大好きになったの。学校から帰ると、いつもグレゴリー王子にただいまって言うのよ。そうするとグレゴリー王子はニコッて笑って、おかえりって言ってくれてるような気がするの。

大きくなって、学校の移動教室とか修学旅行とかでお泊まりに行く時はグレゴリー王子を連れては行けないから、寂しかったわ。グレゴリー王子も寂しそうだったわ。

だから、家族旅行の時は必ず連れていったの。グレゴリー王子、楽しそうだったぁ。

高校に入学して1週間目、グレゴリー王子と喧嘩したの。後ろの席の冴ちゃんとカラオケに行って、楽しくて帰りが遅くなったの。家に帰ると、グレゴリー王子が寂しそうな顔してたけど、私はカラオケで楽しかったことだけをグレゴリー王子に延々と話したわ。そうすれば、じきにグレゴリー王子も笑ってくれると思ったから。

なのに、グレゴリー王子はつまらなそうな顔で私を見てくるの。私は頭に来て、グレゴリー王子のほっぺをつねって、部屋の隅に投げて出ていったわ。

戻ってきたら、グレゴリー王子は泣いていたのよ。

「ごめんなさい、グレゴリー王子。今度は一緒に行きましょうね」

グレゴリー王子は、にっこり笑ってくれたわ。グレゴリー王子と、何歌おうかしら。

「昨日は楽しかったわね」

「かなっぺ、レゲエとか演歌とか、いつどこで覚えたの？」

冴ちゃんがにこにこしながら聞いてきた。そういえば、こんな歌、私いつ覚えたのかしら？　子どもの頃からパパやママが歌っているのを聞いていたから、自然に耳に残っていたのね。

そんな話をしていたら、智子ちゃんが急に話に加わってきたからびっくりしたわ。

「カラオケ楽しそうね、私も誘ってよ」

智子ちゃん、私たちがうらやましくなったのね。

冴ちゃんは千葉さんにも声をかけたわ。

智子ちゃんが千葉さんを見ながら、「今日行きましょう」

えっ、ずいぶんと急ね。そんなにカラオケが好きだったのね。いいわ、私も楽しかったし、今日も行けるの嬉しい。

グレゴリー王子、怒らないかしら？

こうして仲良し４人組が出来たの。

いねむり姫　椿　あけぼの

ここはどこだろう。火の中を逃げ惑う人々。

戦争？　そういえば、授業中居眠りをして気が付いたらここにいた。夢の中だ。第2次世界大戦の授業をしていた。まただ、日本史の授業中居眠りをしてしまうと、必ず、その授業で習っている時代の夢を見る。

卑弥呼の夢を見たり、埴輪や土器を作っている人たちの夢を見た。家康さんや秀吉さんにも会った、龍馬さんや西郷どんにも会った。全部、リアルな夢だった。本当にその場にいるみたいな、まるでタイムスリップしたみたいな感じ。

「あけ、あけ」

隣の席のまみが私を揺すって起こしてくれた。気が付いた途端、横を過ぎる先生に頭をポカンと叩かれた。もう……。

「日本史の時、いつも寝ちゃうね～」

まみに言われて気が付いた。私は日本史が嫌いなのだ、退屈でしょうがない。日本史なんて全然わからない、別にわからなくても、私は生きていける。

第2次世界大戦の授業は、まだ終わっていなかったらしい、また眠くなってきた……だめだめ、頑張って起きてなくちゃ。

この前の夢とは違う場所だけど、同じように火の中を人々が逃げ惑っている。夢とはわかっているけど、とりあえず私も逃げよう。

広島……？　原爆ドームが見える。この夢は広島の原爆投下の夢らしい。とてもリアル。

まみ？　なんで、こんなとこにまみがいるの？　まさか、まみも眠っちゃったのかな？

「まみ～っ！」

私は叫びながら、まみのもとに走っていった。

「何これ、どうなってるの？」

まみは相当パニクっている。とりあえず、これは夢だということをわからせなければ。

「今は日本史の授業中だよ。まみも居眠りしちゃってるんでしょ」

誰か私たちを起こして。夢だと言っても信じてもらえない。このままだと、まみの精神がおかしくなる。早く誰か起こして！


声になっていたようだ、気が付くと、みんなの視線が私に向けられている。まみも目を覚ましたようだ。ちっちゃい悲鳴をあげて「あけ、逃げよう」と立ち上がった。

「まみ、落ち着いて、今は授業中だよ」

まみは周りをキョロキョロ見て静かに席に着いた。

日本史の授業が終わると、「椿あけぼのさん、橘まみさんは、放課後職員室に来るように」と、先生に言われた。

「私、変な夢見た」

お昼休み、お弁当を食べながら、まみが言った。

「火の中でみんな逃げてて……そう、あけも出てきた。あけが私たちを起こしてってって言ってた」

同じ夢を見ている。不思議だ。

「その夢、私も見た」

まみは「どういうこと？」と、何度も聞いてきたが、私にもわかるはずない。だいたい、あれは夢なのか？　もしかして、あれはタイムスリップじゃないかと私は思う……50％くらい。

放課後、職員室へ行った。日本史の先生に散々怒られて、職員室を出た。次の日本史の授業は絶対眠ってはいけない。

タイムスリップのわけがない。眠っているだけで、私の姿かたちは教室の中にあるんだもの。もしタイムスリップなら教室から消えるはず。誰も私が消えたとかいなくなったとか言ってない。だからあれは単なる夢。

でも、まみも同じ夢を見るなんて……それも同時に。

退屈な日本史の授業だぁ。でも眠ってはいけない。あ〜目が……瞼が重い。頑張れ〜。まみは……まみも必死になって、睡魔と戦っている。

ふぅ、なんとか乗り切ったよ。授業の内容は全く入ってこなかったけど。

次の化学の授業で眠ってしまいそう。

あれから何度か日本史の授業があったが、なんとか眠らないでいられるようになった。

でも今日は眠りそう。昨日、夜遅くまで起きてゲームをしてしまったから。

あ〜オイルショック、ここはオイルショックの頃の日本。トイレットペーパーを買うために行列が出来ている。

やだっ！　まみもなぜか列に並んでる。

「まみ、なに並んでるのぉ？」

まみは私に気が付くと、

「なんかわかんないけど、行列見ると並びたくなるんだよねぇ」

と、大はしゃぎ。あけも並ぼっ、て。並んでも喜ぶのはお母さんだけだよ。そのお母さんだって、この時代、まだ生まれてないんじゃないの？

それより私たち、またやってしまった。日本史の先生ごめんなさい。私たちが眠っていることに気が付かないでね。


チャイムが鳴ったと同時に目が覚めた。どうやら先生は私たちのことに気付かなかったようだ。一安心。

まみを見ると……まさか、まだ眠っている。

「まみ、チャイム鳴ったよ」

まみは目を覚まし、やっちゃった！　という顔をして舌を出した。

まみは次の授業の準備をしながら、

「また変な夢見たよ、あけも出てきた」

やっぱり？　やっぱり同じ夢を見ていたようだ。

「ねぇ、まみ、夢の中で夢だと気付くことない？」

「ない！　夢の中で夢って気付いたら、空を飛んでみたいよ」

今度夢でまみに会ったら、一緒に空を飛んでみよう、そしたら信じてもらえるかも。


またしばらく日本史の授業で眠ってしまうことはなかったが、今日は油断した、試験で眠ってしまうとは。

難しい問題ばかり。授業をちゃんと聞いてないから、わかるわけない。家で日本史の試験勉強をしても眠くなってきて、いい加減になってしまう。

ここはこの前の続き、オイルショックの時代だ。でもまみはいない。まみは眠らずちゃんと試験を受けているようだ。

トイレットペーパーを持った人たちがいっぱいいる。

そうだ、空を飛んでみよう。私は高く手を伸ばし、思い切りジャンプするように弾みをつけて飛んでみた。

やった、成功。空を飛んでいる。

楽しい、楽しい。

あの行列が小さくなる。ほかのお店でも行列が出来ているのがわかる。

トントン、背中を叩かれた。うわぁ、落ちる。いつの間にか試験の時間が終わっていて、後ろの席から答案が送られてきた。私はほぼ白紙の答案を重ねて、前の席に送った。

私は病気なのだろうか。日本史の授業や試験だけ眠ってしまう。そこまで日本史が嫌いだったのか?

退屈な授業は日本史だけじゃない。なのに、なぜか日本史だけ眠ってしまう。

日本航空123便墜落事故。テレビでしか見たことのない光景が目の前にある。これは飛行機が墜落した直後だ。生々しい……熱い空気が漂っている。

あんな所に小西君がいる。真ん中の一番前の席で、大胆にも居眠りをしているのか？

「小西くーん」

小西君も私に気付いた。

「あっ、椿」

小西君は周りの光景に、それ以上は言葉に出来ないようだった。

「小西君、空を飛ぶよっ」

私は小西君に夢だと気付いてもらおうと思った。何がなんだかわからないという感じの小西君に、高く手を伸ばしてと促し、

「せーの、ジャンプ！」

と言って、一緒に空を飛んだ。

「何これ？　どういうこと？」

小西君は不思議そうに、地上と私を交互に見た。

「あっ、まみ！」

「えっ、まみ？　って、橘〜」

まみが日航機墜落事故の現場にたたずんでいる。まみも眠ってしまったのか。

「痛ててて……」

小西君がそう言った途端、消えた。あれっ？　小西君……どこ行った？　そうか、先生に見つかって耳でも引っ張られたか！


チャイムの音がして目が覚めた。まみも目が覚めたようだ。まみは今にも泣きそうな顔をして、下を向いている。

授業終わりの挨拶をした後、まみは私の方を向いて、

「怖かった……」

と言って、泣き出した。

「1人だったんだよぉ、飛行機の墜落した現場に、私1人だったんだよ……」

私は小西君と空を飛んで上からまみを見つけたこと、小西君が消えてすぐチャイムが鳴ったことを話した。

昭和史の授業の中で、当時起こった事件や事故の話になった。その中で日本航空123便墜落事故の話もあったのだ。

日本史の授業中、私と波長の合う人だけが私の夢の中に引きずり込まれてしまうのかもしれない。

私にそんな不思議な力があったのか？　去年までそんなこと1度もなかったのに。

ん……ピンとこないな……。では、なんなんだろう。

私たちは進級し、クラス替えをして教室も変わった。歴史の授業は先生も変わり、日本史から世界史になった。歴史の授業中、眠ってしまうこともなくなった。

日本史の授業と、私とまみと小西君が揃った時に起こる現象なのかもしれない。今はそれぞれ違うクラスになってしまったから、なんとも言えないけど。

え～っ、ここは？　戦国時代？

あれは後輩の栗田さん。まみと小西君もいる。栗田さんが私たち3人を集めて、

「いいですか、これは夢です」

何言ってるの、この子は。

私たち3人は、とにかくこの戦場から逃げなくては、と必死で走った。すると栗田さんが……飛んでる？　栗田さんが私たち3人に向かって、空を飛びながら、

「夢だから、飛べるんです。先輩たちも飛んでくださ～い」

私たち3人は、今度は飛んでいる栗田さんが怖くなって、栗田さんから逃げた。

「待ってくださ～い」

栗田さんが飛びながら追ってくる。大変、とにかく逃げなくちゃ。栗田さんは化け物？　妖怪？　悪魔～？　普通の人間が飛べるわけないんだから。

「あけ、小西君、私たちどうなってるの？　栗田さん、どうしちゃったの？」

まみが走りながら聞いてくるけど、私にもわかんないよ。

「わかんないよ、なんで、こんなとこにいるんだ俺たち？」

小西君、男なんだからしっかりしてよ！

「あれっ？　まみがいない、まみがいないよ、まみ～、どこ～」

まみがいなくなってしまった。でも、栗田さんはわけのわからないことを言いながら飛んで追いかけてくるし、逃げるしかない。

「橘先輩は目が覚めたんですよぉ～、夢から覚めたんですぅ」

全くわからない。やっぱり化け物か妖怪だ。

だいたい、この戦場は誰と誰の戦いだ？　あっ大変、槍が飛んできた！　と思ったら、小西君に刺さった。

「小西くーん、死んじゃったぁ～。栗田さんの仕業？　この悪魔～」

「大丈夫です、これは夢です」

栗田さんが地上に下りてきて、私の横に立った。一緒に槍の刺さった小西君を見ていると、その身体は消えてしまった。

「なんで？　どうして消えちゃうの？　どこ行っちゃったの？」

私はいよいよパニックになった。

「小西先輩も目が覚めたんですね」

栗田さんは冷静だ。そして私のほっぺを思い切り引っぱたいた。

「何するの！」

私はほっぺを押さえるも、痛くない。

「痛くないかも……」

「でしょ。だから夢なんです」

チャイムの音が聞こえる。

気が付くと、私は教室の自分の席に座っている。生物の授業が終わったところだ。私は眠ってしまっていたようだ。


あとから知ったことだが、栗田さんの学年は去年、私たちが使っていた教室を使っている。だからか、日本史の授業で眠ってしまうと変な夢を見てしまうようだ。そして栗田さんと仲のいい私たち3人は、栗田さんの夢に引き込まれてしまうらしい。

栗田さん、日本史の授業で眠らないで。


体育の授業で、急に睡魔が襲ってきた。いくらなんでも体育の授業で眠れない。でも、全然やる気が起きなくて、バスケの試合で走っても足がもつれるし、パスしてきたボールは取れないし、散々だった。

授業が終わると、まみが私の教室に来て、英語の授業で眠ってしまって夢の中に栗田さんと小西君が出てきたと話し、

「あけはいなかったね、なんで？」

と聞いてきた。

「体育で必死に睡魔と戦ったからぁ～」

私はもうへとへとという仕草をした。

もう勘弁。栗田さんに日本史の授業で眠らないように、キツく言っておかなければ。

でも去年の私もなかなか大変だったから、キツく言うのはかわいそうかな。とりあえず、努力をしてもらおう。

私とまみが栗田さんに話に行くと、「わかりました」と、敬礼のような格好をしてみせた。大丈夫か？

あれから授業中眠ってしまうことはなくなった。栗田さん、相当頑張ってくれているのかも。でもいつ睡魔に襲われるかわからない。自分も頑張らなくては。

あの教室と日本史の授業は、不思議な何かでつながっているのかもしれない。

それは誰にもわからないし、この経験をしてない人には理解できないと思う。

これからもずっと、あの教室を使う人たちが日本史の授業で不思議な夢を見るのかもしれない。

いねむり姫　椿　あけぼの　2

一番下の娘の担任から電話があった。

「あさひさん、最近私の授業中よく居眠りをしているようなんですが、家で何かありました？」

薄々、あさひが授業中に居眠りをしているのではないかと思っていた。

時々、私は思ってもいないのに昼寝をしてしまうことがある。そんな時、必ず夢を見る。一番上の娘小夜、二番目の娘夕子、そして一番下の娘あさひが夢の中に出てくるのだ。

あの教室、担任は日本史の教師。そう、担任は私も高校の時に日本史を教わった人物だ。あの頃はおばさんに見えたが、まだ20代だったのだろう。今もあの学校で日本史を教えている。

3人いる娘の中で、一番下のあさひだけが私と同じ高校に入学した。

あさひが2年生になってすぐに保護者会があり、あの教室に入った途端、思い出した。この教室で日本史の授業を受けると眠ってしまい、夢をよく見ていたことを。

「すいません、家では特に変わったことはありません。私からも注意しておきます」

私はそう言って、電話を切った。

あさひの担任は私がこの学校の出身であることに気付いていない。あの頃はまだ担任を持っていなかった。気付いたら、なんて言われるだろう。あなたもよく私の授業で寝ていたわね、とか言われるのかもしれない。かなり大きな学校なので、私のことなどいちいち覚えてなどいない。

今日の午前中も、実は昼寝をしてしまった。そして夢を見た。

あさひは、これは夢だからと余裕を見せているが、夢の中の私は全く理解できずにいる。小夜も夕子もいるが、この2人も理解していない。

小夜も夕子も夢の中にいるということは、小夜は1歳になる娘の実のりをあやしながら、夕子は大学の講義中、昼寝をしているということなのだろう。

目が覚めれば、夢のことが理解できる。

「ただいま、お腹空いたよ～」

夕方、あさひが帰ってきた。冷蔵庫の中を覗き、何にもないと言いながら牛乳を出してきた。

「あさひ、先生から電話あったよ。よく授業中寝てるって」

あさひはコップに牛乳を注ぎながら、

「それでぇ、なんだって？」

「家で何かあったのかって、心配してたよぉ」

あさひは牛乳をゴクゴクと音を立てながら飲み干し、コップをテーブルの上に置いた。

「どうしても眠っちゃうんだよねぇ……、なんでだろう」

「ねぇ、どうしてママもお姉ちゃんたちも、いつも夢の中にいるの？」

あさひがまた、わけのわからないことを言っている。

それより、なんで私たちはこんなところにいるんだろう。だいたい、あの人は誰？時代劇みたいな格好して。

「あら小夜、実のりはぁ？」

小夜が実のりを連れてないので、旦那さんの実家にでも預けてきたのかと聞いてみると「あっ、実のりは⁉」と言いながら、小夜が消えてしまった。

「小夜、どこ？」

私と夕子は、小夜が急に消えてしまったことでパニックになってしまった。あさひだけは冷静だ。

時代劇みたいな人たちは、これから戦に行くようなことを話している。映画の撮影でもしているのかな。だったら私たちがここにいたら邪魔だよね、早くどかないと。小夜も探さないと。

ピンポーン。

あ、誰か来た。いつの間にか寝てしまっていた身体を起こして、私は玄関へ向かった。

回覧板。隣の奥さんが回覧板を持ってきた。結構、今では珍しいのではないだろうか、回覧板を回している自治会なんて。

次の日曜日、近くの小学校で地域の避難訓練があるとのこと。隣の奥さんと、出るぅ？　出ないぃ？　とたわいもない話を10分以上もした。

そういえば、次の日曜日は小夜が実のりを連れて遊びに来ると言っていた。避難訓練には消防車や救急車も来るらしい。実のりにはまだわからないかもしれないが、連れていってみよう。

避難訓練じゃない、本当の地震だ。

でも、なんか変。ここはどこなんだろう。また、あさひが冷静に「大丈夫」だと言っている。

大丈夫なわけないよ。ほら、遠くに煙が上がってる。

「あさひ〜、みんなはどこなのぉ？」

私は、私とあさひしかいないので、みんなが無事なのか心配でしょうがない。なのに、あさひはのんきにわけのわからないことを言っている。

「今日は、私とママだけ眠っちゃったのね」

だから、意味わからないって！

「関東大震災のことを先生が話してたんだけど、また眠ってしまったみたい」

そうだ、電話、電話しなくちゃ。電話、電話……携帯電話がない。

「あさひ、携帯貸して」

私は小夜と夕子の無事を確認したかった。

「大丈夫。だいたい携帯なんかつながんないよぉ」

と言いながら、あさひが消えた。

私は悲鳴をあげて、その場で気を失った。

気が付くと、また居眠りをしていたようだ。ここは自分の家の居間。午後のワイドショーを観ていたが、いつの間にか寝ていた。

あさひったら、また寝てしまったのね。

それにしても疲れる夢だった。この夢の中では、夢だと気が付かないからやっかいだ。夢だとわかれば気持ちが楽なのに。今度夢であさひに会ったら、これは夢だということを納得するまで、私に訴えてほしいと頼んでおこう。夢の中の私が、どこまでそれを信じられるのか疑問だが。


あさひが帰ってきた。私はさっそくあさひにお願いした。

「今日も日本史の授業で眠っちゃったでしょ。今度夢にママが出てきたら、ママが納得するまでこれは夢だと何度も言って」

あさひはびっくりした顔で、

「ママ、知ってたの？　私が授業中眠って見る夢の中に、ママが出てくること」

私はその時自分も眠ってしまって夢を見るが、多分その夢はあさひが見ている夢と同じで、その夢の中では夢だとは思っていないからと説明した。そして今日見た夢のことを話してみると、やっぱり同じ夢を見ていた。

「そんな不思議な話、ある？」

あさひは、まだ半信半疑だ。でも、私があさひの夢の話を知っているわけがないし、信じるしかないだろう。

あれから昼寝をしなくなった。あさひも授業中、居眠りをしていないのだろうな。

そんなある日、小夜が実のりを連れて遊びに来た。お昼ご飯を食べたあと、小夜は実のりを寝かしつけながら一緒に寝てしまった。目が覚めるといきなり、

「実のり……⁉　あ、夢か……」

また、あさひが授業中眠ってしまったようだ。どうりで私も眠かった。もう少し小夜が起きるのが遅ければ、私も眠っていたかもしれない。

「変な夢だったぁ、戦争の時代みたいな感じで、周りの人たち、モンペとかはいてるの」

その夢には、やはりあさひが出てきたらしい。そして実のりも。実のりが迷子になりかけたところで、目が覚めたそうだ。

「あさひったら、大丈夫、大丈夫って、これは夢だからって。なんで夢ってわかってんだろう、私の夢なのに」

実のりが夢に出てきたってことは、実のりも夢を見てるのね。あさひったら実のりまで巻き込んで、しょうがないわねぇ。

実のりが目を覚まして泣き出した。夢の中でママがいなくなったことに気が付いたのかもしれない。小夜は実のりを抱っこして、あやした。

夕方、小夜と実のりは帰っていった。

夕食を食べながら、あさひは今日久しぶりに授業中眠ってしまったこと、夢を見て小夜と実のりが出てきたことを話した。

「実のりが夢に出てきたってことは、実のりも夢を見てたんだよね、きっと」

あんなちっちゃい子でも夢を見るんだねと言った。実のりに聞いてもわからないだろうから、永遠の謎だが。

あさひが3年生になって、もう昼寝をして夢を見ることがなくなった。あの先生と教室での出来事は、不思議で謎だけど、ちょっと面白い。

15年後、実のりが高校2年生になった。実のりは私とあさひの母校に進学した。私はまた、昼寝をして変な夢を見るようになった。きっと、実のりがあの教室で、あの先生に日本史の授業を受けているのだろう。

いねむり姫　実のりと成美

2年生に進級してクラス替えをしたが、私はまた冴子と同じクラスになった。とま子とかなっぺも隣の同じクラスだ。

私の前に座る田ノ浦さんは、よく日本史の授業中眠ってしまう。日本史の授業が終わると目を覚まして、

「また変な夢、見た。今日もおばあちゃんとおばさんが出てきて、パニクってるの」

田ノ浦さんは自分が授業中眠ってしまったことを悪いこととは思っていないようだ。なんでも血筋とか言っている。おばあちゃんもおばさんも、日本史の授業中眠って変な夢を見ていたそうだ。意味がわからない。

冴子にそのことを話すと、実のりってちょっと変わった子だよね……って言っていた。あまり関わらない方がいいのかも。

あれっ、田ノ浦さん？

田ノ浦さん、何してるのかな。そばにおばあちゃんみたいな人とお母さんくらいの人がいるけど、なんかもめてる？

いったい、ここはどこだろう？　戦時中みたいだ。モンペをはいた人たちがいる。どっちに行けば帰れるのだろう。田ノ浦さんに聞いてみようかな。

田ノ浦さんのそばに行きかけた時、何か聞こえてきた。聞き覚えのある何か……。

と、田ノ浦さんが消えた。続いておばあちゃんみたいな人とお母さんくらいの人が消えた。

「えー!?」

と驚くと同時に、私は目を覚ました。

日本史の授業が終わるチャイムが鳴っている。嘘、私眠ってしまってた。

田ノ浦さんとは特に仲がいいわけでもないが、前の席ということもあって、よくいろんな当番や、2人組で何か課題をこなす授業の時に組まされる。それなのにいまだに打ち解けることもなく、「田ノ浦さん」と呼んでいる。田ノ浦さんも、私のことは「千葉さん」と呼ぶ。悪い人ではないが、どうも私は田ノ浦さんが苦手だ。ちょっと変わり者って感じがする。

冴子は、よく田ノ浦さんと話している。お互い「実のり」「冴子」と呼び合っている。ちょっと変わった子だと冴子は言ってたけど、気が合うようだ。

「日本史の授業で寝てたでしょ」

冴子にバレていた。

「変な夢見た。田ノ浦さんが出てきて消えちゃったの」

「実のりも寝てたね」

冴子はそう言うと田ノ浦さんのところに行き、

「実のりも夢見た？」

と聞いた。

「うん……、実のりもって？」

田ノ浦さんは不思議そうに冴子を見た。冴子が私の夢を話すと、田ノ浦さんは私を

見て、

「まさか、あそこにいたの？　私とおばあちゃんとおばさんが話してたとこに？」

どういうこと？　なんで私の夢を、田ノ浦さんが知ってるの？　なんで？

「何言ってるの？　あれは私の夢だよ」

すると田ノ浦さんが、

「日本史の授業中、眠ってしまってよく夢見るんだけど、いつもその日の授業の年代の夢なんだよね」

そういえば戦時中みたいだった。モンペはいてる人とかいて。

「それで、よくおばあちゃんとおばさんも夢の中に出てくるの。家に帰ってから、おばあちゃんとおばさんに電話して聞いてみると、必ずおばあちゃんもおばさんも昼寝して夢を見てるのよね、同じ夢」

よくわからない話だ。やっぱり田ノ浦さんは変わっている。そのおばあちゃんとおばさんが言うには、おばあちゃんもおばさんもこの学校出身で、2年生の時、この教室を使っていて、日本史の先生も同じだというではないか。確かに、日本史の先生はかなりのおばあちゃん。田ノ浦さんのおばあちゃんが高校生だった頃から、この学校で先生をやっていても不思議ではない。

「私は夢の中でこれは夢だってわかるんだけど、おばあちゃんもおばさんも、いくら言ってもわからないから、やっかいなのよね」

田ノ浦さんは、よくわからない不思議な話をまだ続けている。

「でもなんで？　私と波長の合う人が夢に出てくるはずなのに」

波長が合うって何？　私と田ノ浦さんは波長など合ってないのに。それとも合ってるのか？　田ノ浦さんも、それだけは不思議でならないらしい。

冴子がたまに田ノ浦さんが変な話をするって言ってた。あまり深く冴子の話を聞いていなかったが、そうか、このことね。

冴子と田ノ浦さんが、どうして仲がいいのかがわかった。冴子と田ノ浦さんの会話を聞いていると、どうやら中学の頃からの友達らしい。といっても、出身校は違うから、冴子が裏番だった時に街で知り合ったらしいのだ。

ということは、田ノ浦さんも裏番だったのか？　言われてみればそうも見えるが、今は普通の女子高生をやっているようだ。冴子と同じで、普通の女子高生をやってみたくなったのか。どっちにしてもあまり関わりたくない人だ。

机の端をトントンと叩きながら、日本史の先生が私の横を通り過ぎた。ヤダ、寝てた。また夢を見ていた。前の席の田ノ浦さんも私と同じように机の端を叩かれて目を覚ましたようだ。

私が目覚める一瞬先に、夢の中で田ノ浦さんが消えた。この前の話を信じるならば、きっと田ノ浦さんも同じ夢を見ていたのだろう。夢の中で田ノ浦さんと会話をしたから、授業が終わったら聞いてみよう。

「なんで私の夢に出てくるの？」

日本史の授業が終わると、田ノ浦さんが私の方を向いて聞いてきた。夢の中でも同じことを言っていた。

「どうして同じ夢を見るの？」

私が不思議なのはそのことだ。どうして同じ夢を見て、田ノ浦さんは夢の中で夢だとわかっていて、私はわかっていないのだろう。
「波長の神様がいたずらしてるか、勘違いしてるのかね、きっと」
も〜、また始まった、よくわからない変な話。波長の神様？　なんじゃそれ？

それからも日本史の授業の時に眠ってしまうことがあり、田ノ浦さんと一緒の夢を見た。いつまで続くのだろうと思っていたが、3年生になって教室が変わり、クラス替えで田ノ浦さんとも別のクラスになったし、歴史の授業も世界史になったからか、授業中、眠ってしまうことがなくなった。不思議な経験だった。

ところで、私はまた冴子と同じクラスになった。腐れ縁だ。とま子とかなっぺも、隣の同じクラスだ。この仲良し4人組で、高校を卒業したら旅行に行こうと話している。今から楽しみだ。

ピンク色の爪

窓の外の風は冷たい。この窓を開けようとする者は誰もいない。

窓の外の景色は綺麗だ。青い空と少しの緑。下を歩く人たちは素敵だ、みんな生きているから。

私はあとどのくらい生きられるだろうか。この風が暖かい南風になるまで生きられるだろうか。

「あら、また窓開けてぇ。寒いでしょ、閉めて閉めて」

看護師さんが巡回に来た。私はこの看護師さんが嫌いだ。私のやりたいことをなんでも取り上げる。もうすぐ死ぬんだから、好きなようにさせて。

街路樹の葉っぱがだんだん落ちていく。誰か『最後の一葉』のように、私を騙してくれないかな。ちょっと元気になれるかも。

もうすぐ面会の時間だ。でも私に会いに来る人はいない。私が入院していることは誰にも話していない。

長く一人暮らしをしてきた私には、家族はいない。近所付き合いもあまりしていないから、私がいないことに誰も気付いていないだろう。

私の話し相手は、この縫いぐるみの熊。縫いぐるみの熊だけが、私のことを知っている。入院まで付き合わせてしまった。もうすぐだからね、もうすぐ自由になれるよ。


誰も来るはずのない面会時間。目を合わせた途端、すぐにわかった。

「さおり……」

さおりが目の前にいる。どうしてわかったのか。

「お母さん……探したよ……」

何十年ぶりだろう。さおりは私を許してくれるのか。何も言わず家を出ていった私を。

「お父さんは、七年前亡くなったの。肺がんだったんだけど、亡くなったのは交通事故」

私はあの人が亡くなったことも、さおりが結婚して、私の孫を産んでいたことも知らないでいた。

さおりは結婚する時も、私を探してくれていたらしい。

あの家を出たことを後悔はしていない。そして私の時は止まっていた。いつまでも小さいさおりが、私の中にいた。年を取って、もうすぐ死ぬというのに。

「お母さん、女性はいつまでも綺麗でいなくちゃね」

そう言って、私の爪に薄いピンク色のマニキュアを塗ってくれる。

「ありがとう……」

自然に涙が出て頬を伝う。そのうち涙が溢れて溢れて止まらない。さおりも泣いているようだった。

今度は娘を連れてくるからと言って、帰っていった。でも、もう来ないかもしれない。

私は薄いピンク色の爪を眺めて、ため息をついた。

「あらっ、素敵じゃない」

看護師さんが巡回に来た。私はこの看護師さんを、少し好きになれたように思う。
あと少し、少しだけど精一杯生きよう。

著者プロフィール

ひで あき子（ひで あきこ）
東京都出身、在住

いつかどこかで ～交錯する時間～

2021年7月15日　初版第1刷発行

著　者　ひで あき子
発行者　瓜谷 綱延
発行所　株式会社文芸社
〒160-0022 東京都新宿区新宿1－10－1
電話 03-5369-3060（代表）
03-5369-2299（販売）

印刷所　株式会社平河工業社

ISBN978-4-286-22740-5